Benjamin
et la nouvelle enseignante

D'après un épisode de la série télévisée *Benjamin*
produite par Nelvana Limited, Neurones France s.a.r.l.
et Neurones Luxembourg S.A., et basée sur les livres *Benjamin*
de Paulette Bourgeois et Brenda Clark.

Adaptation écrite par Sharon Jennings et illustrée par Céleste Gagnon,
Sasha McIntyre, Alice Sinkner, Jelena Sisic et Shelley Southern.

D'après le scénario pour la sortie vidéo directe *Back to School with
Franklin*, © Nelvana Limited, 2003, écrit par John van Bruggen.

Benjamin est la marque déposée de Kids Can Press Ltd.
Le personnage Benjamin a été créé par Paulette Bourgeois et Brenda Clark.
Texte français de Louise Binette.

Catalogage avant publication de la Bibliothèque nationale du Canada
Jennings, Sharon
  [Franklin and the New Teacher. Français]
  Benjamin et la nouvelle enseignante / Sharon Jennings; illustrations de
  Céleste Gagnon... [et al.]; texte français de Louise Binette.

(Une histoire TV de Benjamin)
Traduction de : Franklin and the New Teacher.
Pour les 3-8 ans.
ISBN 0-439-95344-8

I. Gagnon, Céleste II. Binette, Louise III. Titre. IV. Titre: Franklin and
the New Teacher. Français. V. Collection: Histoire TV Benjamin.

PS8569.E563F717214 2005   jC813'.54   C2005-900823-7

Édition publiée par les Éditions Scholastic, 175 Hillmount Road,
Markham (Ontario) L6C 1Z7, avec la permission de Kids Can Press Ltd.

5 4 3 2 1   Imprimé et relié en Chine   05 06 07 08

Benjamin
et la nouvelle enseignante

Éditions
■SCHOLASTIC

Benjamin a toujours habité la même maison, dans la même ville. Pendant l'année scolaire, il prend, chaque jour, le même autobus pour aller à la même école, où l'attend son enseignant, M. Hibou. Benjamin aime que les choses restent les mêmes. Mais au début de la nouvelle année scolaire, il découvre que les choses changent parfois.

À la fin des vacances d'été, M. Hibou s'est cassé une patte. Un suppléant viendra donc le remplacer pendant quelque temps. Benjamin est inquiet.

— Je veux que mon enseignant soit M. Hibou, dit-il à ses parents.

Soudain, il a une idée.

— Je vais rester à la maison jusqu'à ce que M. Hibou revienne! s'écrie-t-il.

Les parents de Benjamin sourient.

— Ne t'en fais pas, dit sa maman. Tout ira bien.

Le premier jour d'école, Benjamin gémit, grogne et se frotte le ventre.

— Hum! fait sa maman. La venue du suppléant y est peut-être pour quelque chose.

Benjamin fait signe que oui.

— Je ferais mieux de rester à la maison, dit-il.

Sa maman le serre dans ses bras.

— Tu te sentiras mieux dès que tu auras retrouvé tes amis, dit-elle.

Mais la maman de Benjamin se trompe. Tous les amis de Benjamin sont préoccupés, eux aussi.

— Et s'il est gros et terrifiant? demande Arnaud l'escargot.

— S'il refuse de nous laisser prendre une collation? s'inquiète Martin l'ours.

— Et s'il nous donne trop de travail? renchérit Basile le lapin.

Tous les élèves sont silencieux lorsque l'autobus entre dans la cour de l'école.

À neuf heures, c'est avec surprise que les élèves
voient une nouvelle enseignante sortir et sonner
la cloche.

— Bonjour! s'écrie-t-elle avec un étrange accent.
Je suis Mme Koala.

— Ce n'est pas un enseignant, c'est *une* enseignante!
murmure Benjamin.

Les élèves entrent dans la classe à la file.

— Vous pouvez vous asseoir où vous voulez, dit
Mme Koala.

Lili le castor lève la main.

— Benjamin et Martin ne doivent pas s'asseoir
ensemble, dit-elle. Ils parlent trop.

— Mais les amis aiment bien s'asseoir ensemble,
réplique Mme Koala avec son drôle d'accent. Après tout,
l'école, il faut que ce soit amusant.

Benjamin s'empresse d'aller s'asseoir à côté de Martin.

— Pourquoi parle-t-elle bizarrement? chuchote Martin.

— Parce qu'elle n'est pas M. Hibou, c'est tout, répond
Benjamin.

Mme Koala distribue cahiers, manuels, crayons et règles.

— M. Hibou nous a préparé beaucoup de travail, dit-elle.

Puis elle pousse un soupir.

— Dommage que nous devions rester à l'intérieur par ce temps splendide! Et dire qu'aux antipodes, c'est l'hiver.

— Hein? fait Benjamin.

Mme Koala sourit.

— Connais-tu l'Océanie? demande-t-elle.

Non, Benjamin ne connaît pas l'Océanie. Ses amis non plus, d'ailleurs.

Mme Koala désigne un pays sur le globe terrestre.

— Je viens d'Australie, explique-t-elle. L'Australie est aux antipodes, ou à l'opposé, de l'endroit où nous nous trouvons maintenant. Quand vous êtes en été, c'est l'hiver chez nous. Je connais le français, mais, dans mon pays, nous parlons l'anglais.

— Pourquoi avez-vous quitté l'Australie? demande Benjamin.

— J'aime vivre de nouvelles expériences, répond Mme Koala.

Benjamin pense aux céréales qu'il mange au déjeuner, et au sandwich qu'il apporte à l'école tous les jours. Cela ne change jamais. Il songe également à M. Hibou.

— Moi, j'aime que les choses restent les mêmes, dit-il en lançant un regard mécontent à Mme Koala.

— Hum… fait Mme Koala.

À la récréation, Mme Koala suit Benjamin à l'extérieur.

— J'ai besoin de ton aide, mon ami, lui dit-elle avec l'accent anglais. Je crois que certains élèves s'ennuient de M. Hibou.

Benjamin hoche la tête.

— Ils trouvent probablement que je suis différente, ajoute-t-elle, et que j'ai un drôle d'accent.

Benjamin hoche de nouveau la tête.

— Peut-être qu'ils ne se tracasseraient pas autant s'ils me connaissaient un peu mieux, continue Mme Koala. As-tu une idée de ce qu'on pourrait faire?

Cette fois, Benjamin secoue la tête de gauche à droite. Mme Koala soupire.

Quelque temps plus tard, Mme Koala sonne la cloche.
Lorsque tous les élèves sont en rang, elle leur montre un objet
courbé, en bois poli.

— Restons dehors encore un peu, dit-elle. Je vais vous
apprendre à utiliser un boomerang.

Elle guide la classe jusqu'au champ voisin.

— Si vous lancez un boomerang de la bonne façon, il
décrit un cercle et revient vers vous. Comme ça.

Mme Koala effectue un petit mouvement sec du poignet.

— Super! s'exclament les élèves.

Ils veulent tous essayer à leur tour. Et c'est ce qu'ils font,
encore et encore et encore.

— Ce n'est pas aussi facile que ça en a l'air, bougonne Lili.

Bientôt, c'est de nouveau le tour de Benjamin. Il espère que, cette fois, il y arrivera. Il pourrait apprendre à M. Hibou, à son retour.

Benjamin lève le bras et lance le boomerang. Il le regarde tournoyer au-dessus du champ. Tout à coup, il constate avec surprise que le boomerang revient vers lui.

— Formidable, Benjamin! s'exclame Mme Koala. On dirait un vrai de vrai Australien!

Benjamin fronce les sourcils.

— Ah oui? s'étonne-t-il.

De retour dans la classe, Mme Koala annonce que c'est l'heure de l'activité « Montre-moi, raconte-moi ».

— M. Hibou dit que nous sommes trop grands pour cette activité, dit Arnaud.

— Et nous n'avons pas apporté d'objets à présenter, ajoute Benjamin.

— Dommage, dit Mme Koala. « Montre-moi, raconte-moi » est un bon moyen d'apprendre à connaître les gens. Puisque c'est comme ça, faisons plutôt du calcul.

Elle commence à écrire au tableau.

Assis à sa place, Benjamin réfléchit.

Puis, lentement, il lève la main.

Mme Koala se retourne.

— Oui, Benjamin? demande-t-elle.

— Je me disais que vous, vous pourriez être le sujet du « Montre-moi, raconte-moi », dit Benjamin. Vous pourriez nous apprendre beaucoup de choses sur l'Australie.

— Bravo! approuve Mme Koala. Quelle excellente idée!

Benjamin affiche un grand sourire.

Mme Koala parle de l'Australie durant le reste de la matinée. Elle montre aux élèves des photos de sa famille et de ses amis. Elle va chercher un livre à la bibliothèque et leur présente des photographies de toutes sortes de choses qu'ils n'ont jamais vues.

— Est-ce que vous aimez l'Australie? demande Benjamin.

— Si j'aime l'Australie? répète Mme Koala. Et comment!

Ce soir-là, au souper, les parents de Benjamin lui demandent s'il aime la nouvelle enseignante.

— Mme Koala? répond Benjamin. Et comment! Elle vient d'Océanie. Vous savez? Aux antipodes.

Ses parents éclatent de rire.

— Et M. Hibou? demande sa maman. Il te manque?

Benjamin fait une pause pour mieux réfléchir.

— Un peu, dit-il. Mais ça ne fait rien. Je sais qu'il reviendra…

...comme un boomerang! ajoute Benjamin
en éclatant de rire.